CANDIDE

Théâtre

Voltaire

Candide

Théâtre

Adaptation du conte de Voltaire
pour la scène par Jacques Delahaie

Éditeur : BoD-Books on Demand
Impression : BoD-Books on Demand, In de Tarpen 42,
Norderstedt, Allemagne

Impression à la demande

Dépôt légal : novembre 2022

ISBN : 978-2-322-435890

Personnages apparaissant dans plusieurs tableaux :

Candide	Pangloss
Cunégonde	Paquette
Cacambo	Le Fils du Baron
Frère Giroflée	Martin
La Vieille	Le Narrateur

Personnages secondaires du 1er tableau :

Le Baron	La Baronne
Des Soldats	Le Juge
Le Roi bulgare	

Personnages secondaires du 2ème tableau :

Le Bon Marchand	L'Inquisiteur
Don Issachar	Soldats

Personnages secondaires du 3ème tableau :

L'Intendant	Le Gouverneur
Le Sergent Mélasse	Le Sergent Jésuite
Des Eldoradiennes	Le Roi eldoradien
Le Nègre de Surinam	Vanderdendur

Personnages secondaires du 4ème tableau :
Masques

Personnage secondaire du 5ème tableau :
Le Bon Vieillard

Les soldats (acte 1 sc 2 et 4), les Eldoradiennes (acte 3 sc 3), et les masques (acte 4 sc 1) ont tous été comptés dans ce tableau pour 2. Ils peuvent bien sûr être davantage, en fonction des possibilités de la troupe.

Le narrateur (Acte 1 sc 1 et Acte 5 sc 4) peut lui être remplacé par une simple voix off.

	I/1	I/2	II/1	II/2	II/3	II/4	II/5	III/1	III/2
Candide	X	X	X	X	X	X	X	X	X
Pangloss	X			X	X	X			
Cunégonde	X						X	X	
Paquette	X								
Fils du baron	X								X
Frère Giroflée									
Martin									
La Vieille							X	X	
Cacambo								X	X
Narrateur	X								
Baron	X								
Baronne	X								
Des soldats		X				X			
Juge		X							
Roi bulgare		X							
Bon marchand			X						
Inquisiteur					X		X		
Don Issachar							X		
Gouverneur								X	
Intendant								X	
Sgt Mélasse								X	
Sgt jésuite									X
Eldoradiennes									
Roi d'Eldorado									
Nègre Surinam									
Vanderdendur									
Masques									
Bon vieillard									
Narrateur	X								
Total	9	5	2	2	3	4	5	7	4

	III/3	III/4	IV/1	IV/2	IV/3	V/1	V/2	V/3	V/4
Candide	X	X	X	X	X	X	X	X	X
Pangloss						X	X	X	X
Cunégonde						X		X	X
Paquette			X	X		X		X	X
Fils du baron						X	X		
Frère Giroflée			X	X		X	X	X	X
Martin			X	X	X	X	X	X	X
La Vieille						X		X	X
Cacambo	X	X			X	X	X	X	X
Baron									
Baronne									
Des soldats									
Juge									
Roi bulgare									
Bon marchand									
Inquisiteur									
Don Issachar									
Gouverneur									
Intendant									
Sgt Mélasse									
Sgt jésuite									
Eldoradiennes	X								
Roi d'Eldorado	X								
Nègre Surinam		X							
Vanderdendur		X							
Masques			X						
Bon vieillard									X
Narrateur									X
Total	5	4	6	4	3	9	6	8	10

1er Tableau

Scène 1

Narrateur, le Baron, Pangloss, Paquette, la Baronne, Cunégonde, Candide, le Fils du Baron
(Au château de Thunder-Ten-Tronckh, c'est l'heure du goûter)

Narrateur
Il y avait en Vestphalie, dans le château de monsieur le baron de Thunder-Ten-Tronckh, un jeune garçon à qui la nature avait donné les moeurs les plus douces. Il avait le jugement assez droit, avec l'esprit le plus simple ; c'est je crois, pour cette raison qu'on le nommait Candide. Monsieur le baron était un des plus puissants seigneurs de la

Vestphalie, car son château avait une porte et des fenêtres.

Tous les chiens de ses basses-cours composaient une meute si besoin. Ses palefreniers étaient ses piqueurs. Le vicaire du village était son grand aumônier et ils l'appelaient tous Monseigneur.

Le baron
Maître Pangloss, que pensez-vous de cette nouvelle boisson ? Cela s'appelle du chocolat.

Pangloss
Monseigneur, c'est délicieusement délicat.

Le baron
Faites-vous plaisir : reprenez-en.

Pangloss
Merci. Les territoires du Nouveau Monde regorgent de trésors savoureux à découvrir. Et ce gâteau ? Quels en sont les ingrédients ?

Paquette

Des bananes et des noix de coco. Ce sont des fruits "exotiques".

Pangloss

Mademoiselle Paquette je viendrai tout à l'heure dans la cuisine vous féliciter de vos talents.

Paquette

A votre service Maître Pangloss.

Le baron

(en prenant une pincée de tabac à priser dans sa tabatière)

Puisque nous sommes tous là, mon épouse, mes enfants et M. Candide, vous pourriez nous entretenir de votre système de philosophie, la métaphysigolo... non, la cosmonothélargie... non ce n'est pas cela non plus. Comment l'appelez-vous ?

Pangloss

La métaphysico-thélogo-cosmolonigologie.
Métaphysico car il s'agit de métaphysique,
théologo pour montrer que j'arrive au divin,
cosmolo puisqu'il est évident que nous et le
reste de l'univers formons un tout à part égale
dont nous sommes le centre, et nigologie car
cette science est promise à un grand avenir.

Le baron

La dernière fois vous aviez expliqué que toute
cause a son effet et tout effet sa cause.

Pangloss

C'est cela même. Il est démontré que les
choses ne peuvent être autrement : car tout
étant fait pour une fin, tout est nécessairement
pour la meilleure fin.

La baronne

Bien sûr.

Pangloss

Remarquez bien que les nez ont été faits pour porter des lunettes. Aussi avons nous des lunettes.

Le baron

C'est ma foi vrai.

Pangloss

Les jambes sont visiblement faites pour être chaussées, et nous avons des chausses. Les pierres ont été formées pour être taillées et pour en faire des châteaux. Aussi Monseigneur a un très beau château : le plus grand baron de la province doit être le mieux logé. Et les cochons étant faits pour être mangés, nous mangeons du porc toute l'année.

Par conséquent ceux qui ont avancé que tout est bien ont dit une sottise : il fallait dire que tout est au mieux.

Le baron

Ah ! Que cela est beau. *(A son fils et sa fille)* J'espère que vous savez profiter des enseignements d'un tel précepteur, le plus grand philosophe de la province.

La baronne

Et à notre service !

Le baron

Je suis heureux. Je suis heureux car je comprends que j'ai eu raison de vous choisir pour l'éducation de mes enfants, ainsi que celle de Monsieur Candide. La soirée semble douce. Maître Pangloss, allons finir cette discussion dehors.
(Le baron et Pangloss sortent, suivis de la baronne et du fils ; Paquette débarrasse la table et sort.)
Bon j'ai oublié ma tabatière. Les enfants, amenez-la moi.

(Candide et Cunégonde se précipitent ; leurs mains se rencontrent sur la tabatière ; elles se serrent ; ils soupirent...)

Candide

Mlle Cunégonde.

Cunégonde

Monsieur Candide.

Candide

Mlle Cunégonde.

Cunégonde

Monsieur Candide.

Candide

Mlle Cunégonde.

Cunégonde

Oui Monsieur Candide ?

Candide

Jamais je n'ai osé vous le dire.

Cunégonde

Non Monsieur Candide.

Candide

Vous occupez en permanence mon esprit. En secret penser à vous ainsi sans cesse est-ce si insensé... Je vous aime, vous m'aimez, laissez-moi vous épouser.
(Ils sont sur le point de s'embrasser)

Cunégonde

J'ai soixante et douze quartiers de noblesse et je suis fille d'un baron de Vesphalie. Vous êtes un enfant naturel, bâtard de la soeur de mon père et vous lui devez tout. Comment pourrait-il accepter ?
(Ils s'embrassent)

Le baron

Alors, et ma tabati...

Bandit ! Voyou ! Fripon ! Canaille ! Ah je vous y prends !
(Coups de pied aux fesses de Candide ; Cunégonde s'évanouit.)

La baronne

Ah ! Il l'a tuée ! Mon enfant, mon enfant ! A l'assassin ! Des sels, vite ! Mais que fait Paquette ?

Le baron

C'est comme ça que vous me remerciez de tous mes bienfaits ? Dehors ! A la porte !
(Nombreux coups de pied aux fesses)
Que seriez-vous sans moi ? Allez ouste ! Par Saint Boniface, je vous bannis de ce château et de ma mémoire !
(Il le jette dehors)
Vous êtes aussi désolant que votre mère !

Scène 2

Candide, deux soldats, le juge, le roi des
Bulgares
(Dans un village)

Candide

J'ai froid. J'ai faim. Après que Monsieur le baron m'ait chassé, je suis resté aux abords du château. Mais Monsieur le baron a lâché ses chiens sur moi. Alors j'ai fui droit devant. Oh mademoiselle Cunégonde, comment vous retrouver ? Puisque tout est pour le mieux dans le meilleur des mondes, cette expulsion m'est certainement un bienfait. Mais je n'ai pas encore compris en quoi.

J'ai faim. Je n'ai pas eu de vrai repas depuis que Monsieur le baron m'a donné tous ses coups de pied au derrière. Et j'ai froid. Où trouver de l'aide ?

1er soldat

Camarade, voilà un jeune homme très bien fait, et qui a la taille requise.

2ème soldat

Tu as raison.
Monsieur, il n'est pas dit qu'un homme de votre condition ait un mauvais souvenir de ce village et dîne ici seul ce soir. Acceptez-vous de partager notre table ?

Candide

Messieurs, vous me faites beaucoup d'honneur, mais je n'ai pas de quoi payer mon écot.

2ème soldat

Ah, les personnes de votre figure et de votre mérite ne payent jamais rien. N'avez-vous pas cinq pieds six pouces de haut ?

Candide

Oui, c'est ma taille.

2ème soldat

Alors, soupons ensemble. Non seulement nous vous défrayerons, mais nous ne souffrirons pas qu'un homme comme vous manque d'argent.

D'ailleurs, voici quelques écus. Vous nous les rendrez plus tard.

Candide

Comment vous remercier ?

1er Soldat

Ce n'est rien. Les hommes ne sont faits que pour se secourir les uns les autres.

Candide

Vous avez raison. C'est ce que Monsieur Pangloss m'a toujours dit, et je vois que tout est au mieux car je suis infiniment touché de votre générosité.

1er soldat

Dites-moi, n'aimez-vous pas tendrement...

Candide

Oh oui, j'aime tendrement Mademoiselle Cunégonde.

1er soldat

Mais non, nous vous demandons...

2ème soldat

Si vous n'aimez pas tendrement...

1er soldat

Le roi des Bulgares.

Candide

Point du tout, car je ne l'ai jamais vu.

2ème soldat

Comment ? Mais c'est le plus charmant des rois.

1er soldat

Et il faut boire à sa santé.

Candide

Très volontiers, Messieurs.

Les soldats

Au roi !

Candide

Au roi !
(Il boit)

2ème soldat

C'en est assez.

1er soldat

Vous voilà l'appui,

2ème soldat

... le soutien, le défenseur,

1er soldat

... le héros des Bulgares.

2ème soldat

Votre fortune est faite.

1er soldat

Et votre gloire assurée.

(On habille Candide en militaire ; une bande-son crie des ordres : Debout ! Couché ! Demi-tour droite ! Demi-tour Gauche ! Couché ! Debout ! Baguette au canon ! Coucher en joue ! Etc. Les deux soldats lui font exécuter les ordres en le poussant avec rudesse. La bande-son s'arrête. Les soldats partent en riant. Candide, qui manifestement ne comprend pas ce nouvel univers, ôte son équipement et son uniforme, et les met sur le sol. Puis il part. Les soldats le rattrapent aussitôt. Ils le frappent et le font s'agenouiller pour son procès.

Le juge

Soldat Candide !

Vous avez été repris par vos camarades alors que vous aviez quitté le camp militaire en abandonnant votre uniforme. Soldat Candide, vous êtes un déserteur. Voulez-vous dire quelque chose ?

Candide

Mais je... Et...ne pouvais-je pas me promener, aller...

Le juge

Il avoue. Préférez-vous être fouetté par tout le régiment trente-six fois, ou recevoir à la fois douze balles de plomb dans la cervelle ?

Candide

Mais je ne peux pas...

Le juge

Répondez soldat Candide. Le régiment est composé de deux mille gaillards. Cela fait soixante douze mille coups de fouets ; on ne réchappe ni à l'un ni à l'autre. Lequel voulez-vous ?

Candide

Les volontés sont libres... Et je ne veux ni l'une ni l'autre... D'ailleurs...

Le juge

Répondez soldat Candide. Soixante douze mille coups de fouets ou douze balles de plomb. Il vous faut choisir.
Soldat Candide !

Candide

En vertu du don de Dieu qu'on nomme LIBERTE, je demande le fouet.

Le juge

Qu'il soit fait selon votre souhait. Commencez immédiatement la punition !

(Candide commence à être fouetté. Le roi arrive.)

Le roi des Bulgares
Que se passe-t'il ici ?

Un soldat
Un déserteur, Sire. Un fou, un pauvre d'esprit. Il disait que des choses bizarres, il parlait de volonté libre, et puis d'autres choses encore, je ne sais plus..

Le roi des Bulgares
Mais toi, te sens-tu libre dans mon armée ?

Le soldat
Oui sire. J'ai de quoi manger, de quoi boire, et de quoi priser aussi.

Le roi des Bulgares
Es-tu fier de ton métier de soldat ?

Le soldat
Oui sire. Rien n'est si beau, si brillant, si bien ordonné qu'une armée en campagne. Et rien n'est plus réjouissant que deux armées qui

combattent. L'odeur de la poudre, le fracas des canons, les hurlements sur les champs de bataille, la vie ne prend son sens qu'après avoir connu cette saoulerie.

Le roi des Bulgares
Réjouis-toi. Nous livrerons bientôt bataille aux Abares. La guerre aimera encore les héros. Quant à ce soldat, libérez-le : lui aussi me sera utile.

(Candide, qui n'a pas demandé son reste, s'est enfui en rampant dès qu'il a pu)

Candide
(au public)
Quittons l'armée. Ce n'est pas ici que je pourrai revoir mademoiselle Cunégonde.

2ème tableau

Scène 1

Le bon marchand, Candide
(Sur le port de Lisbonne. Ambiance portugaise)

Le bon marchand
Pour aujourd'hui Senhor Candide, votre travail sera simple. Il vous suffira de pointer les ballots d'étoffe prévus pour chaque destination. Ce n'est pas une tâche difficile mais je ne peux la confier qu'à quelqu'un de sûr.

Candide
Vous n'aurez pas à vous plaindre de moi, Monsieur. Et je vous remercie encore de la

bonté avec laquelle vous m'avez recueilli. Vraiment, tout est pour le mieux dans le meilleur des mondes, puisque après tous mes malheurs, ayant erré dans toute l'Europe, avoir été chassé de pays en pays, mourant de faim, j'ai fini par vous rencontrer ici à Lisbonne, qui avez accepté de me donner un travail.

Le bon marchand
Ne parlons plus de cela. Le récit de vos malheurs m'a ému.
Il est normal de s'entraider entre frères humains, c'est-à-dire nous tous, êtres à deux pattes sans plume pourvus d'une âme.
Apportez-moi vos comptes dès que vous aurez fini.

Scène 2

Pangloss, Candide

Pangloss
(loqueteux et vérolé.)
Alors vous ne reconnaissez plus votre cher Pangloss ?

Candide
Quoi ? Vous, mon cher maître, ici ! Vous, dans cet état horrible ! Quel malheur vous est donc arrivé ?
Pourquoi n'êtes-vous plus dans le plus beau des châteaux ? Qu'est devenue Mademoiselle Cunégonde, la perle de la nature ?

Pangloss
Je n'en peux plus.

(Candide lui fait manger un peu de pain.)

Candide

Et bien, Cunégonde ?

Pangloss

Elle est morte.

Candide

Cunégonde est morte ! Malheur de ma vie ! Ah ! Où êtes-vous meilleur des mondes ? Mais de quelle maladie est-elle morte ? Ne serait-ce point de m'avoir vu chassé du beau château de monsieur son père à grands coups de pied au derrière ?

Pangloss

Non-non, pas du tout. Elle a été éventrée par des soldats bulgares après avoir été violée autant qu'on peut l'être. Ils ont cassé la tête à monsieur le baron, qui voulait la défendre. Madame la baronne a été coupée en morceaux. Mon pauvre pupille, traité comme sa sœur par ces bougres de Bulgares. Et quant au château, il n'est pas resté pierre sur pierre, pas une grange, pas un mouton, pas un canard, pas un arbre, rien !

Mais nous avons été bien vengés, car les Abares en ont fait tout autant dans une baronnie voisine qui appartenait à un seigneur bulgare !

Candide

Et vous que vous est-il arrivé ? Y a-t'il une cause et une raison suffisantes pour que je vous voie dans un si piteux état ?

Pangloss

Hélas! c'est l'amour : le consolateur du genre humain, l'âme de tous les êtres sensibles, le tendre amour.

Candide

Je l'ai connu, cet amour, ce souverain des coeurs ; il ne m'a jamais valu qu'un baiser et vingt coups de pied au cul. Comment cette belle cause a-t'elle pu produire en vous un effet si abominable ?

Pangloss

Mon cher Candide ! Vous vous souvenez de Paquette ? J'ai goûté dans ses bras les délices du paradis qui ont produit ces tourments d'enfer. Elle était infectée par la vérole.

Paquette tenait ce présent d'un cordelier très savant puisqu'il était remonté à la source : il l'avait eu d'une vieille comtesse, qui l'avait reçu d'un capitaine de cavalerie, qui le devait à une marquise, qui le tenait elle-même d'un page, qui l'avait reçu d'un jésuite qui, tout jeune séminariste, l'avait eu en droite ligne d'un des compagnons de Christophe Colomb.

Candide

En voilà une curieuse généalogie ! N'est-ce pas le diable qui en fut la souche ?

Pangloss

Point du tout ; c'était une chose indispensable dans le meilleur des mondes, un ingrédient *nécessaire* : car si Colomb n'avait pas attrapé dans une île de l'Amérique cette maladie qui est évidemment l'opposé du grand but de la nature, jamais nous n'aurions pu connaître le chocolat.

Scène 3

Candide, Pangloss, l'inquisiteur
(un tremblement de terre survient)

Candide
Mon dieu, que se passe-t'il ?

Pangloss
La terre... Elle... C'est... C'est un tremblement de terre !

Candide
Nous sommes perdus. Voici le dernier jour du monde !
Au secours !

Pangloss

Quelle peut être la raison suffisante de ce phénomène ?

Candide

Je me meurs. Par pitié trouve-moi quelque chose à boire.

Pangloss

Ce tremblement de terre n'est pas une chose nouvelle. La ville de Lima éprouva les mêmes secousses l'année dernière. Mêmes causes, mêmes effets : il y a certainement une traînée de souffre sous terre depuis Lima jusqu'à Lisbonne.

Candide

Rien n'est plus probable, mais pour Dieu, apporte-moi du vin ou de l'eau.

Pangloss

Comment ça probable ? Je soutiens que la chose est démontrée !

(Il trouve et lui apporte une bouteille)
Et j'affirme que ceci est bon dans l'harmonie préétablie. Car s'il y a eu un tremblement de terre à Lisbonne, c'est qu'il ne peut pas être ailleurs : il est impossible que les choses ne soient pas où elles sont, puisque tout est bien.

L'inquisiteur
Monsieur ne croit apparemment pas au péché originel : car si tout est au mieux, il n'y a eu ni chute ni punition.

Pangloss
Je demande très humblement pardon à votre Excellence, car la chute de l'homme et la malédiction entraient nécessairement dans le meilleur des mondes possibles.

L'inquisiteur
Monsieur ne croit donc pas à la liberté ?

Pangloss

Votre Excellence m'excusera : la liberté peut subsister avec la nécessité absolue. Il était nécessaire que nous fussions libres, car enfin la volonté déterminée...

L'inquisiteur

C'est assez ! Un autodafé va être donné pour empêcher la ruine totale de notre ville. Vous, vous y serez pendu, car il est manifeste que vous ne croyez ni au péché originel ni à la Rédemption de l'homme. Quant à vous, pour avoir écouté sans contredire votre compagnon, vous serez fouetté !

Scène 4

Autodafé
Mimé avec bande-son, lumières colorées, brèves, etc. Candide est fessé en cadences et Pangloss

pendu. Pour finir, ils sont jetés à terre par des soldats.

Scène 5

La Vieille, Candide, Cunégonde,
Don Issachar, l'inquisiteur

La Vieille
(se penchant vers Candide)
Mon fils, suivez-moi.

Candide
Qui êtes-vous ? Que me voulez-vous ?
Laissez-moi seul avec mon chagrin. Pangloss
mon maître est mort.

La Vieille
Que pouvez-vous craindre d'une vieille
femme ? Prenez courage et ayez confiance.
Suivez-moi.

Candide

(La suivant)

Si c'est ici le meilleur des monde, que sont donc les autres ? Passe encore si je n'étais que fessé, je l'ai déjà été chez les Bulgares. Mais mon cher Pangloss ! Le plus grand des philosophes, faut-il vous avoir vu pendre sans que je sache pourquoi ?

(Ils arrivent chez Cunégonde)

Candide

Comment, c'est vous, vous vivez ! C'est extraordinaire ! Je vous retrouve au Portugal ! On ne vous a point fendu le ventre, comme le philosophe Pangloss me l'a assuré ? On ne vous a donc pas violée ?

Cunégonde

Si-si, mais on ne meurt pas toujours de ces deux accidents.

Candide

Et votre père a-t'il été vraiment tué ?

Cunégonde

Aussi.

Candide

Et votre mère ?

Cunégonde

Pareil.

Candide

Et votre frère ?

Cunégonde

Egalement.

Candide

Et les domestiques ?

Cunégonde

Tout le monde !

Candide

Mais, et le Château ?

Cunégonde

Il n'est rien resté ! Pas un mur, pas une grange, pas une poule, rien !
Mais nous avons été bien vengés car les Abares en ont fait tout autant à une baronnie voisine qui appartenait à un seigneur bulgare !

Candide

Comment êtes-vous arrivée ici ? Quelles sont les causes et les raisons que je vous rencontre à Lisbonne, juste après que j'ai subi cet autodafé ?

Cunégonde

C'est une longue histoire. Je vous la dirai. Mais il faut d'abord me promettre que vous m'apprendrez tout ce qui vous est arrivé depuis ce baiser innocent que vous me donnâtes, et les coups de pied au derrière que vous en reçûtes.

Candide

Je vous le jure.

Cunégonde

J'étais dans mon lit et je dormais profondément, quand il plut au Ciel d'envoyer les Bulgares dans notre beau château de Thunder-Ten-Tronckh ; Ils égorgèrent mon père et mon frère, et coupèrent ma mère en morceaux. Un grand bulgare, haut de six pieds, entreprend de me violer. Je me défends, je veux lui arracher les yeux : je ne savais pas que tout ce qui arrivait dans le château était une chose d'usage. Le brutal me donne un grand coup de couteau dont je porte encore la marque.

Candide

J'espère bien la voir.

Cunégonde

Vous la verrez, mais continuons.

Candide

Continuez.

Cunégonde

Un capitaine bulgare entre. Tout occupé avec moi, le soldat ne se dérange pas. Ulcéré de ce manque de respect, le capitaine le tue sur mon corps. Puis il m'emmena comme prisonnière de guerre. Au bout de trois mois, lassé, il me vendit à don Issachar, un juif qui traficote en Vestphalie et au Portugal, et qui me ramena ici.

Sur ce, le grand inquisiteur m'aperçut un jour à la messe et fit proposer à don Issachar de me racheter. L'autre n'en voulut rien savoir jusqu'à ce qu'on le menaçât de conduire un autodafé. Ils parvinrent alors à un accord comme quoi je leur appartiendrai à tous deux.

Candide

Tous les deux ?

Cunégonde

Le Juif aurait pour lui les lundi, mercredi et le jour du sabat, et l'inquisiteur m'aurait les autres jours de la semaine. Cela ne va pas sans querelles, car souvent il est indécis de savoir si la nuit du samedi au dimanche appartient à l'ancienne loi ou à la nouvelle.

Pour m'être agréable, le grand inquisiteur m'invita au dernier autodafé. J'y fus très bien placée, et j'eus même des rafraîchissements entre la messe et les exécutions. Mais là, quelle ne fut ma surprise quand je reconnus le bon docteur Pangloss attaché à une corde, et vous, quasi nu, fessé autant qu'on pouvait l'être. Dès que j'en fus remise, j'appelais ma servante de confiance, ma Vieille, et lui recommandais de vous amener ici dès qu'elle le pourrait. Mais je parle, je parle... Vous devez avoir une faim dévorante.

Commençons à souper, vous me raconterez vos aventures en mangeant.

La Vieille

Madame, Madame, don Issachar.

Cunégonde

Quoi ?

Don Issachar

Qu'y a-t'il ce soir encore ?
(Voyant Candide)
Comment, chienne de Chrétienne, ce n'est pas assez de l'Inquisiteur, il faut aussi que ce coquin partage avec moi ?
(Il sort son épée et attaque Candide ; celui-ci se défend et le tue rapidement.)

Cunégonde

Sainte Vierge, qu'allons-nous devenir ? Un homme tué ici ! Nous sommes perdus !

Candide

Si Pangloss n'avait pas été tué, il nous aurait été d'un grand secours, car c'était un grand philosophe. Mais vous, qu'en pensez-vous ?

La Vieille

Il est mort.

Cunégonde

Mais encore ?

La Vieille

Qu'en pensera l'inquisiteur ?

Cunégonde

Mais il est mort !

La Vieille

Sa mort ne déplaira pas à l'inquisiteur. Mais le seul homme ici est votre fiancé. Ce vengeur ne lui conviendra pas.

L'Inquisiteur

Qu'est-ce que cela signifie ? On ne m'ouvre pas ?

Cunégonde

Mon Dieu, nous sommes samedi !

Candide

En garde !

L'Inquisiteur

Vous ici ?
(Bref échange d'escrime. Candide le tue).

Cunégonde

En voici bien d'une autre. Il n'y a plus de rémission ; nous sommes excommuniés !
Comment avez-vous fait, vous qui êtes né si doux, pour tuer en deux minutes un juif et un prélat ?

Candide

Ma belle demoiselle, quand on est amoureux, jaloux, et fouetté par l'Inquisition, on ne se connaît plus.

La Vieille

Il y a trois chevaux andalous dans l'écurie : prenons les et galopons jusque Cadix. De là nous sauterons dans un bateau pour l'Amérique. Il en part presque tous les jours pour Buenos Aires.

Cunégonde

Mais de quoi vivrons-nous ?
Là-bas aussi il y aura des Juifs et des Grands Inquisiteurs pour me donner de l'argent et des diamants ?

La Vieille

Nous verrons bien.
(A Candide) Tiendrez-vous à cheval ?

Candide

Madame, quand on est menacé par les griffes de l'Inquisition à peine qu'on en est sorti, on irait au bout du monde les fesses à vif sur une selle tissée de ronces et d'orties !

3ème tableau

Scène 1

Candide, Cunégonde, l'intendant du
gouverneur, le gouverneur, un sergent,
Cacambo
Dans le port de Buenos Aires

Candide

Nous arrivons dans un autre univers. C'est
dans celui-ci, sans doute, que tout est bien.
Car il faut avouer qu'on pourrait gémir un
peu de ce qui se passe dans l'ancien monde en
Europe.

Cunégonde

Je vous aime de toute mon âme, mais j'y ai été
si malheureuse que mon coeur est presque
fermé à l'espérance.

Candide

Tout ira bien.

C'est certainement le nouveau monde qui est le meilleur des univers possibles.

Et nous serons bien aidés, grâce à votre servante, ainsi qu'à Cacambo, mon nouveau valet que j'ai engagé à Cadix avant d'embarquer, et qui me semble plein de ressources et de bon sens.

L'intendant du gouverneur

Place ! Place ! Respect et soumission devant son Excellence notre grand gouverneur don Fernando d'Ibaraa, y Figuerora, y Mascarenes, y Lampourdos, y Souza !

(Le gouverneur chuchote à son oreille.)

Son Excellence notre grand gouverneur don Fernando d'Ibaraa, y Figuerora, y Mascarenes, y Lampourdos, y Souza souhaite savoir qui vous êtes et les raisons de votre venue à Buenos Aires.

Candide

Excellence, nous venons chercher le bonheur aux Amériques. J'espère humblement le trouver en combattant sous les ordres de votre Excellence les jésuites.

Le Gouverneur

(A Cunégonde) Quant à vous, Madame, je suppose que vous êtes la femme du capitaine ?

Candide

Mademoiselle Cunégonde doit me faire l'honneur de m'épouser, et nous supplions votre Excellence de daigner faire notre noce.

Le Gouverneur

Que connaissez-vous de l'art de la guerre ?

Candide

J'ai fait mon apprentissage dans les rangs de l'armée bulgare. Excellence, je peux vous en montrer l'exercice si vous le souhaitez.

Le Gouverneur

Très bien. Montrez-moi ce que vous savez faire. Reculez jusqu'à ce fronton. Plus loin. Eloignez-vous encore.

Candide obéit, et tandis qu'il exécute des ordres qu'il se donne...

Le Gouverneur

Madame, nous manquons ici de soldats, mais encore plus de beautés comme la vôtre. Vous me plaisez énormément.

Acceptez-vous de devenir ma femme ?

Ou si vous préférez ma maîtresse ?

Cunégonde

Excellence, je vois que nous arrivons dans un nouveau monde, où les coutumes de la vieille Europe sont dépassées.

Accordez-moi quelques instants de réflexion.

Le Gouverneur

Je vous en prie.

Cunégonde
(à la Vieille)
Avez-vous entendu ?

La Vieille
Mademoiselle, vous n'avez pas un sou.
Et vos soixante et douze quartiers de noblesse
n'y changeront rien. Il ne tient qu'à vous d'être
la femme du plus grand seigneur de
l'Amérique méridionale. Et quelle belle et fière
moustache il a !

Cunégonde
Mais Candide ?

La Vieille
Est-ce à vous de vous piquer d'une fidélité à
toute épreuve ? Vous avez été violée par les
Bulgares, un juif et un inquisiteur ont eu vos
bonnes grâces, les malheurs donnent des
droits. J'avoue que si j'étais à votre place, je ne
ferai aucun scrupule d'épouser ce gouver-

neur, et de faire ainsi la fortune de votre
Candide.

Un sergent
(Au Gouverneur, en bégayant)
Fou en vain, Vous enfin,
Trésor pintant, Très important
Sergent Mélesse, Mélasse au rapport
Je fesse les brefs, Je serai bref
J'ai tété serre le cul, J'étais sur le quai
Une va alors y vont, Une voile à l'horizon
Une frêle braguette, Une belle frégate
Ah mol y fera, A l'oriflamme
De la saint zizi saint zizi cinq y z'y siont !
Mergent Salasse, Sergent Mélasse !

Cunégonde
Nous sommes perdus !

La Vieille
(A Cunégonde)
Vous n'avez rien à craindre. Ce n'est pas vous
qui avez tué l'Inquisiteur, et d'ailleurs le

Gouverneur qui vous aime, ne souffrira pas qu'on vous maltraite.

(A Candide)

L'inquisition arrive. Fuyez ou dans une heure vous êtes brûlé !

Candide

O ma chère Cunégonde ! Que deviendrez-vous ?

Cacambo

Elle deviendra ce qu'elle pourra. Les femmes ne sont jamais embarrassées d'elles-mêmes. Allons mon maître, faites-moi confiance. Il faut suivre le conseil de la Vieille. Partons et courons sans regarder derrière nous.

Candide

Où me mènes-tu ? Où allons-nous ?

Cacambo

Vous alliez faire la guerre aux jésuites ; allons la faire pour eux. Quand on n'a pas son compte dans un camp, on le trouve dans un autre.

Scène 2

Cacambo, un sergent, Candide,
le fils du Baron
(à la première barrière jésuite)

Cacambo

Voici la première barrière jésuite. Si vous le voulez bien, laissez moi leur parler.
Sergent, un capitaine demande à parler à monsieur l'officier de ce poste.

Le Sergent

Et pourquoi vous recevrait-il ?

Cacambo

Allez le chercher, vous dis-je ! Il veut combattre dans vos rangs pour la plus grande gloire de votre Compagnie.

L'officier

Je suis le révérend père officier de ce poste. Vous souhaitez donc vous engager à nos côtés ?

Candide

Oui mon révérend père.

L'officier

D'où êtes-vous originaire ?

Candide

De la Vestphalie.

L'officier

De Vestphalie ?... De quel château dépendiez-vous ?

Candide

De celui de Thunder-Ten-Tronckh... Dieu,
serait-ce possible ?

L'officier

Par quel miracle...

Candide

Monsieur...

L'officier

Candide !

Candide

Monsieur le fils du baron !

(Ils s'embrassent. Manifestations de joie, etc.)

Le fils du baron
(au sergent) Laissez-nous.

Venez par ici, nous serons tranquille.

Comment êtes-vous arrivés ici ? Que venez-vous faire en Amérique ?

Candide

Monsieur le fils du baron, vous qui fûtes tué par les Bulgares ! Ici, jésuite au Paraguay !

Le fils du baron

J'ai réchappé grâce à Dieu de ce massacre. C'était horrible. Mais nous avons été bien vengés. Et savez-vous comment ? Les Abares en ont fait tout autant à une baronnie voisine qui appartenait à un seigneur bulgare !
Ah ! La guerre parfois est cocasse !
Laissez-moi vous regarder. Ce monde est une étrange chose. Qu'en dirait notre maître Pangloss ?

Candide

Oh ! Il en serait bien aise s'il n'avait pas été pendu ! Mais vous seriez bien plus étonné, si je vous disais que mademoiselle Cunégonde, votre soeur, que vous croyez massacrée, est pleine de santé.

Le fils du baron
Ma soeur, encore en vie ?

Candide
Oui, et dans votre voisinage, chez le gouverneur de Buenos Aires.

Le fils du baron
A Buenos Aires ? Venez cher Candide. Nous allons monter une expédition contre cet impie de gouverneur. Nous entrerons en vainqueur dans la ville et reprendrons ma soeur Cunégonde.

Candide
C'est tout ce que je souhaite. Car je comptais l'épouser, et je l'espère encore.

Le fils du baron

L'épouser, vous ? Insolent ! Vous auriez l'impudence d'épouser ma soeur, qui a soixante et douze quartiers ! Je vous trouve bien effronté d'oser me parler d'un dessein si téméraire !

Candide

Mon révérend père, tous les quartiers du monde n'y feront rien. J'ai tiré votre soeur des bras d'un juif et d'un inquisiteur. Elle m'a assez d'obligations, et elle-même veut m'épouser. Maître Pangloss m'a toujours dit que les hommes sont égaux, et assurément je l'épouserai.

Le fils du baron

C'est ce que nous verrons, coquin !
(*Il dégaine. Combat rapide. Candide le tue).*

Candide

Hélas ! Mon Dieu, j'ai tué mon ancien maître, mon ami, mon beau-frère ; je suis le meilleur homme du monde, et voilà déjà trois hommes que je tue ; et dans ces trois, il y a deux prêtres.

Il ne nous reste qu'à vendre chèrement notre vie ; mais du moins nous mourrons les armes à la main.

Cacambo

Galopons, mon maître.

Nous avons quelques minutes d'avance, ne les gaspillons pas.

Candide

Mais jusqu'où fuir encore ?

Cacambo

Jusqu'à ce que la destinée nous sourie à nouveau. Et à la grâce de Dieu !

Scène 3

Candide, Cacambo, deux Eldoradiennes, le roi
des Eldoradiens
(*L'Eldorado. Ambiance paradisiaque.*)

Candide

Quel merveilleux royaume que le vôtre. Qu'il mérite son nom d'Eldorado. Je comprends sa légende. Depuis trois mois que vous nous avez recueillis, nous avons pu apprécier l'entière gentillesse de votre peuple, ainsi que l'humanité de vos lois. Votre pays semble être un souvenir du jardin d'Eden, ou un rêve de philosophe.

Cacambo

Assurément.
Votre pays est d'une espèce toute différente des nôtres. Les gens y sont perpétuellement souriants, les moeurs agréables, et votre terre

recèle plus d'or et de pierres précieuses que je n'en verrai jamais ailleurs dans toute ma vie.

1ère Eldoradienne
Vous nous l'avez déjà dit mille fois.
Goûtez plutôt ce breuvage.

Cacambo
Oui, c'est bon.
Vous nous écrirez la recette, s'il vous plaît. Je serai certain de ne pas l'oublier à notre retour en Europe

1ère Eldoradienne
Votre décision est définitivement prise ?

Candide
Je n'oublie pas que nous vous devons d'être encore en vie.
Mais comment rester dans un pays où n'est pas Mademoiselle Cunégonde ?

Cacambo

Et moi je n'oublie pas qu'on trouve de l'or pur et des pierres précieuses dans les cailloux et les graviers de vos chemins, que les pépites d'or, les diamants, les rubis, les émeraudes sont chez vous si abondants qu'ils y sont regardés dans les champs comme une malédiction.

Ah pouvoir ramener quelques sacs de ce malheur...

2ème Eldoradienne

La richesse vous importe donc ? Le destin vous a permis d'arriver au pays de la liberté, et vous renieriez ce bonheur contre des cailloux brillants, qui vous feront appeler "Monseigneur" dans votre monde ? Je vous avais devinés plus sage.

Candide

Le pays de la liberté ?

2ème Eldoradienne

Elle est primordiale chez nous. Vous êtes chez les derniers descendants libres des Incas. Nos ancêtres ont voulu dominer le monde, et cette folie a fait leur malheur. Nous ne voulons pas l'oublier, et la liberté de l'autre et le respect qu'on doit à toute personne habitent chacun de nos actes.

Ce sentiment est si ancré en nous que nos tribunaux ne jugent que des étourdis et des écervelés.

Cacambo

Dans notre monde, le respect s'acquiert par l'argent. Lorsque nous rentrerons, si nous avons seulement douze lamas chargés de vos cailloux d'Eldorado, nous serons plus riches que tous les rois ensemble.

Nous n'aurons plus d'inquisiteurs à craindre, et nous pourrons aisément reprendre mademoiselle Cunégonde.

2ème Eldoradienne

Le roi arrive.

(Il entre. Chacun le salue respectueusement, mais sobrement.)

Le roi

On m'a dit que vous voulez nous quitter.

Candide

Hélas. Vous habitez le plus beau pays du monde. Vos moeurs et vos lois sont les plus douces que j'aie jamais rencontrées. Vous nous avez sauvé la vie et accepté de nous héberger. Mais votre pays n'est pas le mien. Et tant que je n'aurai pas retrouvé celle que j'aime, nulle part je ne pourrai me sentir chez moi.

Le roi

Mes amis, vous faites une sottise. l'amour est un grand sentiment, hélas il se perd souvent avec le temps. Mon pays est peu de choses ;

et, quand on est passablement bien quelque part, il faut savoir y rester.

Je n'ai pas à vous retenir ; tous les hommes sont libres ; mais la sortie sera difficile.

Il est impossible de remonter la rivière rapide par laquelle vous êtes arrivés, miraculeusement sains et saufs.

Les montagnes qui entourent mon royaume ont dix mille pieds de hauteur, et sont droites comme des murailles : aucun chemin n'a jamais pu y être taillé.

Cependant, je vais donner ordre de construire une machine pour vous les faire passer commodément. Demandez-moi aussi tout ce qu'il vous plaira par ailleurs.

Candide

J'ai constaté dans mes promenades le haut niveau des sciences et des techniques de vos savants. Il leur sera facile de vaincre ces montagnes.

Le roi

Nous croyons que celui qui a un savoir apprécie mieux les bontés de la vie que la brute ignare. Il se rapproche de notre vision de l'homme, tandis que l'autre ressemble plus à un animal. C'est pourquoi nous accordons beaucoup d'importance au savoir et à sa transmission.

Candide

Vous êtes donc le roi du pays où tout va bien : car il faut absolument qu'il y en ait un de cette espèce.

Et, quoiqu'en ait dit maître Pangloss, le plus grand philosophe de la Vestphalie, je me suis souvent aperçu que tout allait mal dans mon pays.

Cacambo

Nous ne demandons à Votre Majesté que quelques lamas chargés de vivres, ainsi que de cailloux et de la boue du pays.

Le roi

Je ne conçois pas quel goût vos gens d'Europe ont pour nos gravats ; mais emportez-en tant que vous voudrez, et grand bien vous fasse.

Scène 4

Cacambo, Candide, le Nègre de Surinam, Vanderdendur
(Sur la route de Surinam.)

Cacambo

Dix lamas ! Nous avons perdu dix lamas sur les douze que nous avions en quittant l'Eldorado. Entre la fatigue, la faim, les marais, les précipices, les déserts, seuls deux nous restent. Mais je veille désormais sur eux comme sur la prunelle de mes yeux.

Candide

Mon ami, vous voyez comme les richesses de ce monde sont périssables. Il n'y a rien de solide que la vertu et le bonheur de revoir mademoiselle Cunégonde.

Cacambo

Je l'avoue.

Mais ces deux lamas ont encore plus de trésors que n'en aura jamais le roi d'Espagne. Et je vois de loin une ville que je soupçonne être Surinam, appartenant aux Hollandais. Nous sommes au bout de nos peines et au commencement de notre félicité.

Candide

Eh ! Mon Dieu ! que fais-tu là, mon ami, dans l'état horrible où je te vois ?

Le nègre

J'attends mon maître.

Monsieur Vanderdendur, le fameux négociant.

Candide

Est-ce monsieur Vanderdendur qui t'a traité ainsi ?

Le nègre

Oui, monsieur, c'est l'usage. On nous donne un caleçon de toile pour tout vêtement deux fois l'année. Quand nous travaillons aux sucreries, et que la meule nous attrape le doigt, on nous coupe la main. Quand nous voulons nous enfuir, on nous coupe la jambe : je me suis trouvé dans les deux cas. C'est à ce prix que vous mangez du sucre en Europe.

Candide

O Pangloss ! Tu n'avais pas deviné cette abomination. C'en est fait, il faudra qu'à la fin je renonce à ton optimisme.

Cacambo

Qu'est-ce qu'optimisme ?

Candide

Hélas ! C'est la rage de soutenir que tout est bien quand tout est mal.

Le nègre

Voici d'ailleurs Monsieur Vanderdendur.

Candide

Partons.

Cacambo

Un instant. C'est peut-être notre chance.
(Au nègre) Tu dis que ton maître est un grand négociant. Possède-t'il des bateaux ?

Le nègre

Oui monsieur. Beaucoup de bateaux.

Vanderdendur

Messieurs, vous recherchez un bateau ?

Cacambo

Nous voulons aller à Buenos Aires. Mon maître est le fiancé d'une demoiselle Cunégonde, peut-être protégée par le gouverneur. Nous voulons lui l'enlever. Nous avons de l'argent.

Vanderdendur

Je me garderai bien de vous passer à Buenos Aires, et tout votre argent n'y fera rien. Mon bateau serait saisi, mon capitaine et mon équipage pendus, vous avec, et j'y serai interdit de commerce ! Votre belle Cunégonde est la maîtresse favorite du gouverneur.
(Au nègre)
Viens.

Candide

Voici, mon cher ami, ce qu'il faut que tu fasses. Nous avons chacun un lama avec cinq ou six millions de diamants. Tu n'as point tué d'inquisiteur, on ne se défiera point de toi. Tu vas aller prendre mademoiselle Cunégonde à

Buenos Aires. Si le gouverneur fait quelque difficulté, donne-lui un million. S'il ne se rend pas, tu lui en donnes deux. De mon côté, j'équiperai un vaisseau, et j'irai t'attendre à Venise : c'est un pays libre où l'on n'a rien à craindre ni des Bulgares, ni des Abares, ni des Jésuites, ni des inquisiteurs.

4ème tableau

Scène 1

Masques, Candide, Martin, Paquette, Frère
Giroflée
(A Venise pendant le carnaval)

Des masques
(chantant)
Au fond du carafon
Le moindre vin est bon
Car la douce ivresse
Donne l'allégresse.

Candide
Alors, Monsieur le philosophe Martin, vous
ne direz pas que ma proposition ne vous a pas
rendu service ? Lorsque je vous ai rencontré

aux Amériques, je cherchais quelqu'un qui puisse me distraire pendant la traversée. Vous étiez sans le sou et vouliez rentrer en Europe. Or vous voici à Venise pendant le carnaval, et en échange, je ne demande que le plaisir de nos discussions.

Martin

Il est normal que les moqueries de la vie nous offrent parfois des répits. Même les régions pôlaires connaissent un semblant d'été.

Candide

Vous voyez le mal partout. Tout n'est pas qu'illusion et calamité.

Martin

Hélas monsieur, je suis un manichéen.

Candide

Manichéen ? Selon vous la Terre est un enclos où s'affrontent le Bien et le Mal ? Vous plaisantez, il n'y a plus de manichéen.

Martin

Il y a moi ; je ne sais qu'y faire, mais je ne peux penser autrement.

Candide

Il faut que vous ayez le diable au corps.

Martin

Je n'en serai pas surpris. Car je vous avoue qu'en jetant la vue sur notre globe, je pense que Dieu l'a abandonné à quelque être malfaisant. Je n'ai guère vu de ville qui ne désirât la ruine de la ville voisine, point de famille qui ne voulût exterminer quelque autre famille. Un million d'assassins en uniforme court d'un bout de l'Europe à l'autre, et exerce le meurtre et le brigandage pour gagner son pain. Et dans les villes qui paraissent jouir de la paix, les hommes sont dévorés de plus d'envies qu'une ville assiégée n'éprouve de fléaux. En un mot, j'ai tant vu et tant éprouvé que je suis manichéen.

Candide

Il y a pourtant du bon.

Martin

Cela peut être ; mais je ne le connais pas.

Candide

Regardez moi. Nous sommes à Venise car j'y ai donné rendez-vous à mon valet Cacambo pour qu'il y arrive avec la belle Cunégonde. Les espérances les plus amoureuses enchantent mes jours.

Martin

Vous êtes bien naïf !

Comment pouvez-vous penser qu'un valet à qui on a donné cinq ou six millions de diamants, ira chercher votre maîtresse au bout du monde et vous l'amènera à Venise ? Il la prendra pour lui, s'il la trouve. Et s'il ne la trouve pas, il en prendra une autre. Je vous conseille d'oublier votre valet Cacambo et votre maîtresse Cunégonde.

Candide

Alors pour vous à quelle fin ce monde a-t'il été formé ?

Martin

Pour nous faire enrager.

Candide

Et vous croyez que les hommes se sont toujours mutuellement massacrés ? Qu'ils aient toujours été menteurs, perfides, ingrats, brigands ?

Martin

Croyez-vous que les éperviers aient toujours mangé des pigeons quand ils en ont trouvés ?

Candide

Oui, sans doute.

Martin

Eh bien ! Si les éperviers ont toujours eu le même caractère, pourquoi voulez-vous que les hommes aient changé le leur ?

Premier masque

Demandez la potion du docteur Flamel ! Elle guérit de tout ! La moindre douleur, le moindre malheur disparaît par ses vertus !

Les autres masques

Oui ! Hourra ! *(Etc)*

Le premier masque

Monsieur, votre femme fait la tête car vous ne rentrez jamais chez vous qu'au petit jour ?

Un masque

Simplement d'y penser m'a déjà gâché des soirées !

Le premier masque

Habituez-la à cette noble potion, et bientôt elle vous attendra partout où on s'amuse !

Les autres masques

Oui ! Hourra ! *(Etc)*

Le premier masque

Madame, vous ne savez que faire pour que votre mari cesse d'aller chez la belle Flora ?

Un masque

J'y ai même perdu mon confesseur !

Le premier masque

Donnez-lui notre merveille, à pleins muids, et il vous reviendra mou et plaintif comme un jeune chiot !

Les autres masques

Oui ! Hourra ! *(Etc)*

Le premier masque
Est-ce vous mon voisin dont l'enfant pleure
toutes les nuits ?

Un masque
Il a mal aux dents, ça me désole !

Le premier masque
Faites le boire, mon voisin ! Faites le boire ! En
quelques minutes il dormira, ou sinon il rira !

Les autres masques
Oui ! Hourra ! *(Etc)*

Le premier masque
Demandez la potion du docteur Flamel ! Elle
guérit de tout !
Et même, elle agrandit les vits et elle rétrécit
les cons !

Les autres masques
Oui ! Hourra ! *(Etc)*

Candide

(voyant un couple d'amoureux)

Voyez cette femme comme elle est amoureuse de son compagnon. Je n'ai trouvé jusqu'à présent dans toute la terre habitable, excepté dans Eldorado, que des infortunés ; mais pour elle, je gage qu'elle est aujourd'hui très heureuse.

Martin

Je gage que non

Candide

Il n'y a qu'à l'inviter à cette table, et vous verrez si je me trompe.

(Il les invite.)

Scène 2

Paquette, Candide, Martin, Frère Giroflée

Paquette

Eh quoi ! Monsieur Candide ne reconnaît plus Paquette !

Candide

Paquette... Ma pauvre enfant, c'est donc vous qui avez mis le docteur Pangloss dans le bel état où je l'ai vu ?

Paquette

Hélas ! Monsieur, c'est moi-même ; je vois que vous êtes instruit de tout. J'ai su les malheurs épouvantables arrivés à toute la maison de madame la baronne et à la belle Cunégonde. Je vous jure que ma destinée n'a guère été moins triste.

Candide

Comment ça ?

Paquette

Si vous saviez... J'étais fort innocente quand vous partîtes. Un petit vicaire de Thunder-Ten-Tronckh me séduisit et je fus chassée du château quelques temps après vous, moi aussi à grands coups de pied aux fesses. Si un médecin n'avait pas eu pitié de moi, j'étais morte. J'en fus quelque temps par reconnaissance la maîtresse mais sa femme me battait tous les jours impitoyablement ; c'était une furie...

Vous savez, monsieur, combien il est dangereux d'être l'épouse d'un médecin. Celui-ci lui donna un jour, pour la guérir d'un petit rhume, une médecine si efficace qu'elle mourut en deux heures de temps. Malgré mon innocence je fus mise en prison et le juge ne m'élargit qu'à condition qu'il succéderait au médecin.

Puis je fus remplacée par une autre, et obligée de continuer ce triste métier.

Ah ! Monsieur, si vous pouviez vous imaginer ce que c'est que devoir exercer cette profession qui vous parait si plaisante à vous autres hommes, mais qui n'est pour nous qu'un abîme de misère, n'offrant pour toute perspective qu'une vieillesse affreuse, un hôpital, et un fumier, vous concluriez que je suis une des plus malheureuses créatures du monde.

Candide

Mais, vous aviez l'air si gaie, si contente, quand je vous ai rencontrée !

Vous m'avez paru aussi heureuse que vous prétendez être infortunée.

Paquette

Monsieur, c'est encore là une des misères du métier. J'ai été hier volée et battue par un officier, et il faut que je paraisse de bonne humeur pour avoir un dîner ce soir.

Martin

Quant à vous mon Père, vous nous donneriez presque envie de nous faire moine. Votre visage resplendit de santé, et vous êtes accompagné d'une jolie fille.

Frère Giroflée

Ma foi, monsieur, je voudrais que tous les religieux soient au fond de la mer.

Mes parents me forcèrent, à l'âge de quinze ans, à endosser cette détestable robe, pour laisser plus de fortune à un maudit frère aîné que Dieu confonde !

Quelques mauvais sermons me valent un peu d'argent que j'utilise à entretenir des filles. Mais quand je rentre le soir dans le monastère, je suis prêt de me casser la tête contre les murs du dortoir, et tous mes confrères sont dans le même cas.

Candide

Tenez, voici un peu d'argent. J'espère que cela vous aidera à apprécier la vie.

Paquette et Frère Giroflée

Merci. (*Paquette l'embrasse, etc*)

Candide

(*A Martin*) Je vous réponds qu'avec cela ils seront très heureux.

Martin

Je n'en crois rien du tout ; vous les rendrez peut-être même avec ces piastres beaucoup plus malheureux encore.

Candide

Il en sera ce qui pourra. Mais une chose me console, c'est qu'on retrouve souvent les gens qu'on croyait ne jamais revoir : il se pourrait bien qu'ayant rencontré Pangloss à Lisbonne et Paquette ici, je retrouve aussi Cunégonde.

Martin

Je souhaite qu'elle fasse un jour votre bonheur. Mais c'est de quoi je doute fort.

Candide

Vous êtes bien dur.

Martin

C'est que j'ai vécu.

Scène 3

Cacambo, Candide, Martin

Cacambo

Monsieur, quelle chance de vous trouver enfin.

Candide

Cacambo ! Cunégonde est ici, sans doute ? Où est-elle ? Mène moi vers elle que je meure de joie.

Cacambo

Cunégonde n'est point ici, elle est à Constantinople.

Candide

A Constantinople ! Mais fut-elle en Chine, j'y vole, partons.

Cacambo

Tout doux monsieur, je suis esclave d'un ancien sultan, et je n'ai pu m'échapper que quelques instants.

Candide

Mais Cunégonde, tu l'as vue ? Que devient-elle ? Est-elle toujours un prodige de beauté ? M'aime-t'elle toujours ? Comment se porte-t'elle ? Mais réponds-moi.

Cacambo

Mon cher maître, Cunégonde lave les écuelles chez un prince qui en a très peu. Elle a échu à un ancien souverain, nommé Ragotski, à qui le Grand Turc donne généreusement trois écus par semaine pour le remercier d'anciens services. Mais, ce qui est bien plus triste, c'est qu'elle a perdu sa beauté, et qu'elle est devenue horriblement laide.

(Il sort un portrait)

Candide

Ah ! Belle ou laide, je suis honnête homme, et mon devoir est de l'aimer toujours. Mais comment peut-elle être réduite à un état si abject, et toi aussi, avec les cinq ou six millions que tu avais emportés ?

Cacambo

Un pirate a capturé notre bateau comme nous nous dirigions sur les Canaries, et nous a vendus comme esclaves à Constantinople.
Cunégonde et la Vieille servent chez ce prince dont je vous ai parlé, et moi, je suis esclave du sultan détrôné.

Candide

(Regardant le portrait)

Que d'épouvantables calamités enchaînées les unes aux autres !

Cacambo

J'ajoute qu'il m'a bien semblé reconnaître dans une vente d'esclaves ce jésuite que vous tuâtes au Paraguay.

Candide

Monsieur le fils du baron ?

Cacambo

Il était accompagné d'une sorte de petit homme ridicule couvert de chaînes pérorant sans cesse et souriant à tous les coups qu'on lui donnait.

Candide

Mon bon docteur Pangloss... Comment serait-ce possible... Et esclaves... Que de désolations et de malheurs encore.

Après tout j'ai encore de nombreux diamants. Je délivrerai aisément Cunégonde, puis ces deux-ci. Allez ! Je commence par te racheter, puis nous affrétons une galère pour Constantinople !

Mais c'est bien dommage qu'elle soit devenue si laide.

5ème tableau

Scène 1

Candide, Martin, la Vieille, Cacambo,
Pangloss, le fils du baron, Paquette,
Cunégonde

*La scène se déroule dans la métairie. Des bouquets
de fleurs sont posés ça et là. Candide est seul en
scène et compte ses reliquats de richesse. Les
autres personnages arrivent les uns après les
autres.*

Candide

Tiens, c'est vous Martin ? Vous accommodez-
vous de cette petite métairie à quelques lieues
de Constantinople ? Je l'avais acquise dans
l'attente de jours meilleurs. Mais nous

devrons nous en contenter. La valeur de mes diamants s'évapore dans la balance des changeurs. Comme on dit : « Nous ne sommes pas encore pauvres, mais nous ne sommes plus riches. »

Martin

Vous savez à quel point cela m'est égal.
Cunégonde vous a encore apporté un bouquet ?

Candide

Comme chaque jour.

Martin

Elle se souvient de vos promesses.

Candide

Bien sûr je l'épouserai.
J'ai fait le tour du monde pour retrouver la femme de ma vie. Je suis homme d'honneur.
Mais Dieu qu'elle est laide !

Martin

Nul n'a encore osé lui l'apprendre ?

Candide

Elle ne supporte plus la moindre contrariété.

Martin

Comme nous tous.

Candide

La Vieille râle sur les douleurs de sa vieillesse, Cacambo se plaint d'être excédé de travail et de cultiver seul le jardin, Paquette et son ami Frère Giroflée nous ont retrouvés et rejoints la semaine dernière par je ne sais quel miracle, mais dans un tel état de pauvreté et de faiblesse que je préfère ne rien leur demander pour l'instant.

Martin

Je l'avais bien dit que vos trois mille piastres seraient vite dissipées. Elles ne les ont rendus que plus misérables.

Candide

Le climat se tend entre nous. Nous nous disputons sans cesse. Comment pouvons-nous ne pas être heureux ?

Martin

Oui, chacun a enfin obtenu ce qu'il convoitait
La sûreté du lendemain, l'amour de sa vie...
J'en conclus que l'homme ne peut vivre que dans les aigreurs de l'inquiétude ou la léthargie de l'ennui.
Nous n'avons plus de motif de nous inquiéter, donc nous nous ennuyons.

Candide

Sauf vous. Mais il est vrai que vous êtes persuadé qu'on est toujours mal partout.

La Vieille

(en souffrant de ses rhumatismes)
Oui je m'ennuie, et cela me fait souffrir. Je vous entendais et je viens vous demander lequel est le pire, d'être jeté du château où on

a été élevé, fouetté chez les Bulgares, traverser l'Europe en mendiant, fouetté à nouveau et pendu dans un autodafé, pourchassé par l'Inquisition dans l'ancien puis le nouveau monde, d'éprouver enfin toutes ces misères que vous avez subies, ou bien rester ici à ne rien faire à cause de ses douleurs, et d'essayer de sourire béatement ?

Candide
C'est une grande question.

Cacambo
Regardez ce que je ramène du marché ! Ce prêtre que vous tuâtes au Paraguay et votre ancien précepteur que vous vîtes pendu. Je l'avais dit qu'ils étaient ici ! C'est bien la preuve que les philosophes et les jésuites ne meurent pas.

Candide
Mon bon Pangloss ! Monsieur le Baron !

Pangloss
Mon brave petit Candide !

Le fils du baron
Mon cher Candide !

Martin
Et bien ça y est, nous sommes au complet.

Paquette
Monsieur Pangloss.

Pangloss
Ma petite Paquette, vous êtes toujours aussi fraîche. Mais savez-vous bien que vous m'avez coûté une oreille, le bout du nez et un oeil ?

Cunégonde
Mon cher frère ! Dans mes bras !

Le fils du baron

Vous ma soeur ! *(Surpris par sa laideur)* J'ai failli ne pas vous reconnaître.

Candide

Mon cher Pangloss, mais comment puis-je vous voir encore aujourd'hui alors que vous avez été exécuté sous mes yeux ? Et comment êtes-vous devenu esclave ?

Pangloss

J'ai eu beaucoup de chance. Ou plutôt le cours normal des choses s'est ajusté puisque tout est pour le mieux dans le meilleur des mondes. Il est vrai que vous m'avez vu pendre, mais on ne pouvait pas avoir été plus mal pendu que je l'avais été. L'exécuteur des hautes oeuvres de la sainte Inquisition brûle, paraît-il, les gens à merveille, mais il ne sait pas les pendre. Je n'étais qu'évanoui quand on me détacha. J'entrai alors dans la condition de laquais,...

Candide

Vous ?

Pangloss

... et suivis mon marchand de maître jusque Constantinople.

Un jour il me prit fantaisie d'entrer dans une mosquée où il n'y avait qu'un vieil imam et une jeune fidèle très jolie. Elle avait dans son corsage un bouquet de fleurs qui tomba. Je me précipitai pour le ramasser, et le lui remis avec un empressement très respectueux. Je fus si longtemps à le lui remettre que l'imam cria à l'aide. Voyant que j'étais chrétien, on me condamna à vingt coups de lattes pour avoir caressé cette femme, puis à perdre la qualité d'homme libre pour ne pas avoir respecté leur religion.

Candide

Eh bien ! Mon cher Pangloss, quand vous avez été pendu, battu, et que vous vous êtes vu devenir esclave, avez-vous toujours pensé que tout allait le mieux du monde ?

Pangloss
Evidemment puisque je suis philosophe ! Il ne me convient pas de me dédire ! Aussi je suis toujours de mon premier sentiment : Leibnitz ne peut pas avoir tort, l'harmonie préétablie est la plus belle chose du monde.

Candide
Et vous mon révérend père, par quel nouveau miracle puis-je vous voir ici après vous avoir tué à l'autre bout du monde ?

Le fils du baron
On put me soigner de votre blessure puis on m'envoya à Rome.
Malheureusement des pirates nous atta-quèrent et je fus débarqué à Constantinople comme part de butin.

Candide

Pardon, encore une fois, de vous avoir donné un grand coup d'épée au travers du corps.

Le fils du baron

N'en parlons plus ; je fus un peu trop vif, je l'avoue. Vous voudrez bien me faire connaître le prix auquel j'ai été racheté. Je vous rembourserai dès mon retour en Allemagne et la baronnie de Thunder-Ten-Tronckh remise sur pied.

Candide

Vous voulez reconstruire Thunder-Ten-Tronckh ?

Le fils du baron

Bien sûr. Ce sera une tâche difficile mais j'ai confiance dans les qualités de ma soeur pour m'y aider.

Candide

Votre soeur ?

Le fils du baron

La place d'une Thunder-Ten-Tronckh n'est pas dans une ville de mahométans.

Candide

Monsieur le baron, votre soeur doit m'épouser. Elle habitera donc ici, chez moi.

Le fils du baron

L'épouser, encore, coquin ?

Candide

Parfaitement.

Le fils du baron

Je ne souffrirai jamais une telle bassesse de sa part, et une telle insolence de la vôtre.

Je suis maintenant le chef de la maison de Thunder-ten-Tronck. Cette infamie ne me sera pas reprochée.

Non, jamais ! Ma soeur, avec ses soixante et douze quartiers de noblesse, n'épousera qu'un baron de l'empire !

Candide

Maître fou, tu étais esclave, j'ai payé ta rançon, j'ai payé celle de ta soeur. Vois ce qu'elle est maintenant, j'ai la bonté d'en faire ma femme. Et tu prétends encore t'y opposer ! Je te retuerai si j'en croyais ma colère.

Le fils du baron

Tu peux me tuer encore, mais tu n'épouseras pas ma soeur de mon vivant.
(Il sort, suivi de sa soeur et de la Vieille)

Cacambo

Monsieur Candide, puis-je vous voir ?

Scène 2

Candide, Cacambo, Pangloss,
le fils du baron, Martin, Frère Giroflée,
(Il fait nuit. Tout le monde, sauf le fils du baron, est caché sur scène. Lorsqu'il passe, tous se précipitent sur lui, le ficellent et le mettent dans un sac.)

Candide

Monsieur le Baron, vous avez voulu repartir en Allemagne, vous y retournez dès ce soir. Une place vous a été trouvée sur un bateau jusqu'en Italie. De là vous pourrez si le coeur vous enchante remonter jusque la triste Vestphalie et y reconstruire le château de vos ancêtres. Quant à moi, je pourrai enfin épouser la belle Cuné..., enfin votre soeur.

Pangloss

Pardon mon pupille, mais votre situation n'était pas tenable.

Martin
Petit baron d'Empire bon voyage

Frère Giroflée
Les aristos aux galères ! Ah ça ira ça ira !

Scène 3

Candide, Cunégonde, Cacambo, Pangloss,
Martin, Frère Giroflée, Paquette

Candide

Mes amis, et vous tendre Cunégonde ma fiancée, je vous informe que monsieur le baron de Thunder-Ten-Tronckh n'est plus parmi nous. Un bateau marchand le ramène actuellement vers l'Europe. Son départ nous permet de nous épouser, si vous le désirez toujours, sans craindre ses réactions.

Cunégonde

Oui.

Les autres

Bravo, félicitations, *(etc.)*

Candide

Je dois aussi vous annoncer qu'il n'y a plus d'argent. Le trésor que nous avons ramené de l'Eldorado est épuisé. Je ne sais pas encore quelles conséquences cette cause aura dans l'harmonie préétablie.

Cacambo

Désormais nous vivons à sept ici. J'étais déjà excédé de travail lorsque nous n'étions que cinq. Monsieur Candide je vous aime mais je vous quitterai si mon sort ne s'améliore pas.

Paquette

Il n'y a plus d'argent ? Vous ne voulez quand même pas que je reprenne mon ancien métier ?

La Vieille

Que voulez-vous que je fasse ? Je suis devenue vieille, infirme, j'ai des douleurs dans toute la carcasse.

Pangloss

Je peux demander une chaire professorale dans ce pays, mais je doute que l'on me la donne, bien que je la mérite.

Cunégonde

Soit. Comment dit-on "Grand Inquisiteur" en mahométan ?

Martin

L'aisance vous est donc indispensable pour être heureux ?

La Vieille

Vous n'allez quand même pas vous vanter de connaître la recette du bonheur ?

Cacambo

Il m'arrive parfois de rêver de ce torrent qui nous mena en Eldorado.

Cunégonde

Considérons ce pays comme imaginaire, puisque nous ne pouvons pas y aller.

Scène 4

Candide, Cunégonde, Cacambo, Pangloss, Martin, Frère Giroflée, Paquette, le bon vieillard

Le bon vieillard

Bonjour Messieurs-Dames ; la porte était ouverte ; j'ai entendu du bruit ; mais je repars si mon arrivée vous dérange... Je viens simplement vous proposer des fruits. Vous êtes sur le chemin de mon retour. Il y a trop de monde aujourd'hui à Constantinople, j'ai préféré ne pas ouvrir mon étal.

Frère Giroflée
Vous aviez peur d'être volé ?

Le bon vieillard
C'est plutôt que la trop grande foule ne m'est pas agréable. Je travaillerai plus longtemps demain.

Candide
Pourquoi aujourd'hui y a-t'il plus de monde ?

Paquette
Il y a des exécutions. Des muphtis ou des vizirs sont pendus ou empalés, je ne sais plus. Peut-être savez-vous qui et pourquoi.

Le bon vieillard
J'ignore absolument l'aventure dont vous me parlez. Je n'ai jamais su le nom d'aucun muphti ni d'aucun vizir. Je ne m'informe

jamais de ce qui se fait à Constantinople. Je me contente d'y vendre les fruits du jardin que je cultive.

Candide

Vous devez avoir une vaste et magnifique terre pour vivre ainsi.

Le bon vieillard

Je n'ai que vingt arpents.
Je les cultive avec mes enfants. Le travail éloigne de nous trois grands maux, l'ennui, le vice, et le besoin. Goûtez ces fruits.

Candide

Vous paraissez vous être fait un sort bien préférable à celui d'anciens souverains dont on m'a parlé.

Pangloss

Les grandeurs sont fort dangereuses, selon le rapport de tous les philosophes. Ces derniers siècles, Moctezuma II et Cuauhtémoc, aux

Amériques, furent vaincus et leur peuple asservi par les Espagnols ; le sultan Achmet III, à qui appartint Cacambo, détrôna son frère avant d'être lui-même détrôné par son neveu ; le Prince Ragotski s'attend chaque jour à être assassiné pour avoir aidé des plus puissants que lui...

Le bon vieillard
Je suppose que la vie donne à chacun ce qu'il veut en gagner.

Candide
Et ainsi vous, vous avez choisi de cultiver vos vingt arpents...

Le bon vieillard
Vivre au milieu des miens avec l'estime de mes voisins me suffit. Je laisse aux autres les désirs de richesse ou d'honneur, et je m'en porte aussi bien.

Frère Giroflée

En tout cas mieux que ces vizirs exposés à la porte dorée !

Candide
(Pour lui-même)
Il suffirait donc de cultiver notre jardin ?

Pangloss

Et dans l'antiquité, Eglon, roi des Moabites, fut assassiné par Aod ; Absalon fut pendu par les cheveux et percé de trois dards ; le roi Nadab, fils de Jéroboam fut tué par Baasa. Vous savez qu...

Candide

Je sais aussi qu'il faut cultiver notre jardin.

Pangloss

Vous avez raison, car quand l'homme fut mis dans le jardin d'Eden, il y fut mis *ut operatur eum*, pour qu'il travaillât : ce qui prouve que l'homme n'est pas né pour le repos.

118

Martin

Travaillons sans raisonner, c'est le seul moyen de rendre la vie supportable.

Cacambo

Je suis d'accord avec vous tous. Alors qui fait quoi et qui va m'aider ?

Narrateur

Toute la société entra dans ce louable dessein ; chacun se mit à exercer ses talents. La petite terre rapporta beaucoup. Cunégonde était à la vérité bien laide, mais elle devint une excellente pâtissière. La Vieille eut soin du linge. Il n'y eut pas jusque Paquette qui ne rendit service. Elle devint même une très bonne couturière. Et Pangloss disait quelquefois à Candide :

Pangloss

Tous les événements sont enchaînés dans le meilleur des mondes possibles : car enfin si vous n'aviez pas été jeté d'un beau château à grands coups de pied dans le derrière pour l'amour de mademoiselle Cunégonde, si vous n'aviez pas été mis à l'Inquisition, si vous n'aviez pas couru l'Amérique à pied, si vous n'aviez pas donné un bon coup d'épée au baron, si vous n'aviez pas perdu tous vos lamas du bon pays d'Eldorado, vous ne mangeriez pas ici des cédrats confits et des pistaches au chocolat.

Candide

Cela est bien dit, mais il faut cultiver notre jardin.

Rideau